당실거리다

당실거리다

김다솜 산문시

좋은땅

차례

I.

II.

V.

I

· · · · · · · · · · · ·

곰살궂은 딸내미 말씨에
맘이 놓이는 듯

늙은 엄마의 활찐 입속,

그제야
작작한 꽃향기 같은
웃음이 담깁니다.

어머님이 키우신 농작물로 담갔다며
지인이 소복이 쌓아 가져다 준 총각무 김치.

적당히 익은 시기가 지나,
쿰쿰한 향내 풍기는 총각무 하나
입속에 넣어
와삭와삭 씹으니

어린 날
옆집 사시던
문이 할머니가 떠올랐어요.

자줏빛 큰 대야에
흙 묻은 총각 무청
툭툭 털어
벌레 먹은 자리만
숭덩 잘라내어

꾹꾹 눌러
간간한 소금물에
절이시며

- 고놈들 참 실하게 생겼다!

덜그럭거리는 틀니 드러내곤
환히 웃으셨죠.

먹는 채소를
실하게 생겼네,
못난이네
평가하시는 것이
참으로 이상했지만,

문이 할머니의
"실하게 생긴 놈"이라
칭찬받은 총각무 김치는
유독 맛이 좋았어요.

식은 밥 끓여 으깬 풀에

고춧가루, 젓갈, 마늘 섞은 양념.

절인 총각무에 부어
나무토막 같은
두툼하고 주름진 손으로
쓱쓱 버무려 내시던 기억.

마당 한쪽 주저앉아
하냥
친구 문이와 함께 바라보던
코끝 맵던 오후 햇살 속
할머니의 굽은 등.

공기 중 떠다니는 기억들,
내 마음에 쟁여 둔 시간은

그리움이란
물이랑이 되어
무시로 넘나듭니다.

〈초겨울 아침 - 다솜〉

부모

저녁 식사 이후,

퇴근한 아빠를 뒤에 세우고
상큼상큼 걸어가는
꼬마 아가씨가 보입니다.

호위무사보다
더 든든한 아빠 발소리에
무서울 것 없는 어린 아가씨는
자랑스레 여러 번
뒤를 돌아보며 걷습니다.

몇 걸음 가다
아빠 확인하길 수차례.

이젠
확실한 신뢰를 담은 미소 한 번 날리고선
앞으로 뛰어갑니다.

아빠는
꼭 어린 딸의 보폭만큼
그 뒤를 따라가며
양팔을 활짝 벌린 채
혹시라도 넘어지면
받아 줄 자세를 취하지요.

어쩌다,
눈길 한 번
아이에게서
벗어나지 않습니다.

좋은 부모는
자식을 앞서 끌어 줘야 할 때와
뒤에서 밀어 주며
보호해야 할 때를
정확히 분별하는 듯해요.

주춤대거나
갈 바를 알지 못해 우왕좌왕할 때
인생의 선배로

앞장서는 모습을 보이고요.

또한,
마음껏
아이들이 뛰어놀게 두되

눈치채지 못하도록
한껏 벌린 팔로
보호막을 치고서

은근하고도
예리하게
뒤에서 지켜봅니다.

그 어느 것 한 가지도
모자라거나
넘쳐서는 안 되지요.

사랑하느라
정도를 지키느라
자신의 삶은

없으셨을 부모님.

하지만 늘
못 해 주고
아프게 한 것만 기억하는
아버지 그리고
엄마.

내 부모님도
날 그렇게 키우고
품으셨을 터인데….

내 숨 가빠지면
부모의 헐떡임은
보지 못하고
느끼지 못하는

그런 못난 자식인 것만 같아
마음이 아립니다.

내 아이도,

그리고 저 꼬마 아가씨도
언젠간
그런 부모로
다듬어져 가겠지요.

그때
저 아이들도
지금의 나처럼

부모님이
자식 잘 키우기 위해
주변이 산만해도
침착함을 잃지 않고

깊은 평화에 자신을 놓아
요동함이 없도록
애쓰고 또 애쓰셨음을
알게 될까요.

오늘,
어린 딸의 뒤를 보호하던

젊은 아빠와
나의 부모님.

특히,
남은 숨 아껴가며
아직 우리 곁에 계신
나의 엄마에게

깊은
감사를 전합니다.

- 애 많이 쓰셨어요, 엄마.
고맙습니다.

〈2018년 11월 초 어느 날 - 다솜〉

엄마 떠난 자리

- 난 나중에
하얀 레이스 원피스 입고 떠나고 싶어.

엄마의
소녀다운 감성이 묻어나는 소원이었죠.
떠나는 이들이 입는
수의(壽衣)가 아닌

초봄의 들꽃
한 아름 따서
치마폭에 담아도 좋을
그런
하얀 레이스 원피스.

마지막 길 떠나는 엄마

당신이 원하시던 대로
어여쁜 손뜨개 옷깃이 달린

순백의 레이스 원피스 입고
꼬깃꼬깃 모은 용돈
아낌없이 내어
어린 날 손녀딸이 선물해 드린

이제는 빛이 바랜
작은 귀걸이 달고서

그렇게
가셨어요.

가슴에 곱게 모은
가지런한 두 손과

잠자듯
살포시 감긴 두 눈까지
어쩌나 곱던지요.

차갑지만
말캉한 엄마 얼굴
마지막으로 어루만지며,

내 엄마여서
참 감사했다.
인사했습니다.

이제 천국에서
그리도 그리던 이들 만나
산머리 하얀 구름 송이 같은 웃음
방실대고 계시겠죠.

엄마를 보내고 돌아오는 길.

여기 남은 나를 잊을까?
마음이 산뜩거려

자꾸만
엄마 떠난 자리
뒤돌아봅니다.

〈천국으로 이사한 모든 사랑하는 이들에게 안부(安否)하며,
2018년 11월 말 - 다솜〉

꼭 말해야 알아요?

얼마 전,
결혼 28주년을 갓 지난 부부와
식사했어요.

남편이 말합니다.

- 이번 결혼기념일.
28년 만에 처음으로 잊고 있었어요.
그런데, 아내가 넌지시
오늘이 결혼기념일이라고
신호를 주더군요.
얼마나 고맙던지요.

하마터면 잊고 지날 뻔했던
귀한 날을
알려준 것도 고맙지만

꿍하니 가슴에 담아 놓고

밤 10시, 혹은 11시가 되어서야
결혼기념일도 잊고 지나간
몹쓸 남편이라 원망하지 않은 것이
더 고마웠어요.

지혜로운 아내만큼이나,
그것이 고마웠다며
제삼자에게 자랑하는 남편 역시
귀했지요.

대부분 사람이

- 그걸 꼭 말해야 알아요?

라는 타박을 들을 때, 가장 당혹스럽다고 하더군요.

나 역시,
저런 원망 담긴 뚱한 얼굴로
그가 혹은 그녀가
당연히 알아주길 바라는 순간이
적지 않았음을 보았답니다.

말하지 않아도 알게 될 만큼
상대의 예민함이 발달하면 좋겠지만,

나의 예민함 역시 완벽하지 않은 상태인데
상대방의 섬세함만 성장하길 바라는 것은
이기적인 마음보가 아니고 또 무엇이겠어요.

영문도 모른 채
감정의 불안과
쓰라림을 당할 상대방에게
억울함은 주지 말아야겠구나.

오히려
조금 싱겁다 싶도록
담백하고 선한 마음으로
원하는 것을 알려주는 것.

바로 이것이
콧머리 시큰한
감동 있는 배려가 됨을

또한,
이기심의 담을 낮추는
가장 쉬운 방법이 될 수 있음을
감득하는 시간이었습니다.

우리,
건강하게 표현하며
살아보면 어떨까요?

〈공감 있는 배려와 상처 없는 표현을 연습하며 - 다솜〉

강숙이 언니

초등학교 입학 전,
우리 윗집 큰 마당 집에 세 들어 살던
무당집 딸 강숙이 언니.
나보다 대여섯 살쯤 위였을 그 언니는
늘 혼자였어요.
동네 사람들은 평범하던 우리와는
뭔가 다른 모양새의 그 집을 지나치며
기웃기웃 수군거렸죠.
그래서였을까요?

골목길,
작은 돌멩이 모아
'맘보공기놀이'나 '삼팔선'을 하며 놀던
나이 어린 우리에게조차 말을 걸지 못한 채,
몇 발자국 떨어져 지켜보기만 했어요.
그런 강숙 언니의
쓸쓸한 마음이 느껴졌던 건지
우리보다 훨씬 큰,

게다가 '강숙'이란 이름이 주는
어른의 느낌에 짓눌리면서도

- 언니, 우리랑 놀자.

용감하게 내뱉었죠.
내 동무들은 놀랐지만,
난 어느새
언니의 유일한 친구가 되어 있었어요.
언니로 인해 누렸던
첫 경험들이 쏠쏠해요.

뒷산에 놀러 가 온종일 돌아다니다,
저물녘 배곯을 때쯤이면
밭에서 총각무 하나를 뽑아요.
그리곤 도랑물에 설렁설렁 씻어
이빨로 껍질을 벗겨내
'우적' 씹어 먹는 걸 배웠죠.
그 맵싸한 눈물의 맛이라니!
내 일생 최초의 무서리였어요.
그 밭의 주인이 있는지 없는지

개념도 없던 때였지만
지금 돌이켜보면
분명한 무서리네요.
그때도 언니는
나 먼저 먹이고,
남은 걸 먹었지요.

그리고, '싱아'나 '오디'를 먹을 수 있다는 것도
언니에게 배웠어요.
나중에 커서 죠스바를 핥아 먹고는
보라색이 된 혓바닥을 보며,
오디로 물들여진
싱싱하고 말랑한 혀를 날름대던
어린 나를 기억해 냈었죠.
가만 보자…
기억나는 것이 또 있네요.

손바닥에 올려진 달팽이요.
그 달팽이가 슬금 기어가며
찐득이 간질이는 첫 느낌을 가질 때도,
나비를 잡아 핀으로 고정한 후

박제시키는 것을 보며 놀라 울던
충격적인 그 날도
언니와 함께였어요.

언니와 어울리는 것을
마뜩잖게 바라보던 어른들의 시선은
아랑곳하지 않은 채,
예닐곱 살의 나는 강숙 언니의
두드러지게 빛나는 세상을 함께 누렸지요.

콧물딱이 수건과 이름표를 가슴에 달고
1학년 1반 코딱지 신입생이 되었을 때
그 낯선 기쁨이 햇살처럼 반짝이던 만큼,
강숙 언니와의 세상에는
먹구름이 낮게 달려왔어요.

어느샌가 언니와 함께 노는 시간이
점점 줄어들었고,
어느 날부터인지
강숙 언니도 보이지 않았어요.

그렇게 눈 내리고,
입안에 단내가 나도록
더위에 지치길 여러 번 반복한 후
나는 단발머리 여중생이 되었지요.

2km가 족히 넘는 길을
너끈히 걷기도 했지만
가끔은 까까머리 남학생들과 함께
버스에 실려 집으로 오는 길도
흥미로웠던 그때,
나를 그리고 우리를 실어 나르던
7번 버스.
그곳에서 그날,
안내양이 되어
우리들의 회수권을 받아 챙기며 힘차게,

- 오라잇!

을 외치는 강숙 언니와 마주쳤어요.

어릴 적 얼굴 그대로

키만 삐죽 커 버린 나를 몰라볼 리 없었지만,
언니는 짐짓 나를 모른 체했죠.
나 역시,

- 강숙이 언니!

라고 부르지 못했습니다.
'너무 그리워서 그리움을 꺼버린다.'던
한 시인의 고백처럼,
너무나 그리워 꺼버린 그리움과 마주하자
순간 당황스러워
이름 한 번 시원히 부르지 못했던 것일까요?

아뇨.
가끔은 언니가 그립다고 생각했던 내 마음조차
불손했음을 고백하지 않을 수 없어요.

난 그리움을,
한순간에 '창피함'이란 감정으로
소멸시켜 버린 거예요.
난 버스 안내양이 된 언니를

안다는 것 자체가 부끄러웠던 겁니다.

저열함과 비겁으로 포장된 그리움.
그토록 명쾌한 첫 경험을 담뿍 선물했던
나의 강숙 언니를 나는
두 번이나 밀어낸 거예요.

사실 한동안 7번 버스를 타지 못하고
주야장천 걸어 다녔죠.
언니를 다시 만나기 겁났던 것 같아요.

그렇게 성도 기억나지 않는,
하지만 첫 만남부터
어른 같고 애잔했던 강숙이 언니를
이후
다신
보지 못했습니다.

어디서 둥지를 틀고 있을지…
우연이라도 언니를 다시 볼 수 있다면,
내 눈과 언니 눈에 담아온

다른 세상 속,
같은 이야기를
이제는 나눌 수 있을 것 같아요.

그리고 핏자국 거둬낸 자리에
새로이 돋아난
진심 어린 그 말.
그리웠다고,
미안하다고
말해 주고 싶습니다.

〈내 기억 속 큰 산 강숙 언니에게 - 다솜〉

동행

손 안에 한가득 얼음 뭉치 들고서
민얼굴 문지르듯
추위가 매서웠던 그 날.

세밑 한파가 몰려왔던 그 저녁에
아파트 주차장 한편 바닥
꽁꽁 언 각종 생선을 칠렁팔락하게 널어 놓고
손님을 기다리는 아저씨를 보았습니다.

온몸 세포들이 모두 일어서서
춥다 춥다 아우성을 부리는 찬 바람에도
비릿한 생선 냄새는 얼지 않은 채
콧속으로 들어오더군요.

원래 가진 몸이 저리 클까 싶도록
겹겹이 겹쳐 입었을 방한복의
겉면까지
바슬거리게 얼어 버린 모습으로

그 자리에 늘 있었던 동상마냥
생선 앞에 서 있던 아저씨.

그날따라,
나중으로 미뤄 놓고
마냥 쟁여 놨던 냉동실 재료들을
이제 요리해 먹어야지.
다짐했던 터라

새 주인 기다리던 그 생선.
사 올 엄두를 내지 못했죠.

그런데,
어스름 어둠이 내리는데도
생선 궤짝 정리할 생각이 없는 듯
아니,
못하는 듯

추위로 얼었을 발
동동 구르지도 못한 채
그대로 서 있던 아저씨가

계속 눈에 밟혔어요.

몇 마리라도 사 와서
이웃과 나누어 먹었으면 됐을걸.

냉장고 넣을 자리 없다고
매몰차게 그 자리를 지나쳐온
나의 이기적인 마음이
속을 할퀴었죠.

아내에게
떡국 끓이라고,
소고기 잡채라도 해 보라고,

아이들 줄 세뱃돈도
빳빳하게 바꿔 놓으라고,

그리
호기롭게 건네주고 싶었을
생선값 대신

아저씨는
세밑
온몸을 얼리고
수도를 얼리고
공기까지 얼렸던 그 밤.

결국
생선 판 뭉칫돈 대신,
얼린 것이 한 번도 녹지 않았을
생선 몇 마리 손에 들고서
집 대문을 열진 않았을까요?

생선장수 아저씨의
희망 있는 새해에
하등 보탬이 되지 못했던
아픈 마음이
후회를 달고 옵니다.

하지만요,
또 다른 그림도 그려 봐요.

민숭한 제 머리 만져 가며
멋쩍게 웃는 남편에게서
그이의 마음처럼 얼려진
생선 봉지 건네받으며

수고 많았다고,
추우니 어여 들어오라고
햇발 같은 웃음 지어 줬을
따뜻한 생선 장수 아내.

그랬을 거다.
그래야만 한다.

이기적인 마음 덮어 보려
창피하지만,
억지 위안을 해 봅니다.

다시 만날 수 있을까요?
그 아저씨.

다시 만난다면,

동태며, 고등어며
바리바리 사서

모른 척
아닌 척

아릇아릇
입가에 맺힐 웃음
꼭
보고 싶어요.

그리고,
가득 담긴 생선.
경비 아저씨와
계단 청소하시는 아주머니
그리고,
이웃한 벗들과
나눠 먹으려고요.

혹시, 여러분도
드시고 싶으셔요?

여러분께는
마음으로
풍성히 나눌게요.

〈이웃을 향한 따뜻한 마음 갖기. 새로이 시작하며 - 다솜〉

母女

단양으로 향하는 기차.

만개한 봄잎 떨구는
성긴 빗줄기
바라보자니

어느새
오송역이에요.

잠시 정차한 그 역에서
한가득 봇짐을 이고 진
깡마른 노구.
기차에 발을 올리십니다.

그대로 배웅하는 것이
못내 안쓰럽던지
노모의 딸이
그 짐을 빼앗다시피

함께 기차에 오르네요.

엄마를 자리에 앉혀 드리고
짐칸에 짐을 올리는 순간,
아뿔싸!

상황을 알 리 없는 기차가
무심히
출발합니다.

애타는 엄마

- 아이구마, 우짜노?

를 연발하시고,

다급한 딸은,

- 어, 어, 저 안 내렸는데요?

를 외치지만,

누구의 소리라도
한 번에 들을 수 있는
한 칸짜리 버스가 아니기에

이들의 외침은
창 안 가득한
축축한 눌림에 덮이고 말았죠.

딸의 고생이 훤히 보이는 노모

- 말라꼬 탔는데, 내 타지 말라캤지!

하시고,

잠시 당황했던 젊은 딸은
애끓는 노모 옆에 털썩 주저앉아

- 괜찮아, 다음 역에 내리면 되지.

엄마를 안심시킵니다.

딸내미의
진심 평안하게 스미는
배시시한 미소를 보니

함께
안절부절 어쩔 줄 모르던
내 마음에도
덩달아
볼우물이 패이네요.

갈퀴진 허리와
나뭇등걸마냥
성기고 거칠어진
엄마 손 문지르며

늙어 버린
훗날의 자신을 바라보듯
하냥 노모를 힐끔거립니다.

그리곤,
차오른 사랑

마음을 다한
젊은 그녀의 진심을
전해요.

- 엄마랑 좀 더 있으니까 차~암 좋네!

곰살궂은 딸내미 말씨에
맘이 놓이는 듯

늙은 엄마의 활찐 입속,

그제야
작작한 꽃향기 같은
웃음이 담깁니다.

〈내 엄마가 그리운 날 - 다솜〉

남자가 운다

왜소한 몸
낡고 더러운 청바지
멋대로 뒤집히고 누워 버린 셔츠 깃.

바닥에 아무렇게나 부려 놓은
커다란 가방

두 손을 얌전히 모은 채
시선은 전철의 천정을 향해 있다.

운무가 끼인 듯한
그의 눈을 바라보던 나의 동공이
반사적으로 확장된다.

붉은 노을 번지듯
코끝이 붉어지나 싶더니
그의 눈에
물기가 어룽댄 것.

이른 시간
전철 안.

남자가
운다.

그는 애써
눈물을 거두지도
훔치려도 않는다.

옆의 사람들은
휴대폰을 들여다보고
혹은
눈을 감고 잠을 청하느라
그의 눈물을 모르고,

맞은편 창에 비친
내 편에 앉은 이들을 바라보니
그들도 마찬가지!

아무도 그에게 눈길을 두지 않는다.

오롯이
나만이
그의 눈물을 바라보고 있다.

(다행이다.
들키고 싶지 않은 울음일까 싶어
친한 벗처럼
지켜주고 싶은 마음.)

무슨 일로 저이는
이리 눈물을 흘리는 걸까?
수십 가지 가정들을 머릿속에 늘어놓으며
그 눈물이 가엽다 여겼고,

아무도 그의 눈물을 모르는 것이
다행이다 여겼건만

그것은 나의 기우.

어느 순간
그의 눈물이,

가리지 않는 자기감정의 노출이
부럽다 싶다.

주변의 힘에 눌리거나
이지러지지 않은
천연스러운 눈물 말이다.

여전히
타인의 시선에 붙들려 있는 나.
저리 자유로이
울지 못하는 나.

울고 있는 그를 바라보며
나는 간절히 마음의 소리를 보낸다.

- 맘껏 울어요.
자유로이 낙하하는 당신의 눈물이

맘껏 울지 못하는
나 같은 영혼에게
자유함을 주니까!

맘껏 울어요.
괜찮아요.

줄금줄금 흐르는 눈물
그칠 날이 오겠죠.

그 마음의
구겨짐이 펴지면

첫 땀도 뜨지 못한 채
자꾸만 찔러
석류즙인 양
선홍빛 방울을 맺던
치유란 바늘.

그 바늘이
눈물에 씻긴 마음의 천에
한땀 한땀
고운 햇망울을 수놓을 거예요.

이 아침

낯선 남자의 눈물이
내 마음도 함께
닦아 내린다.

〈그는 눈물을 그쳤을까? - 다솜〉

"탁 탁 탁 탁"

사방 모서리에
흰색 지팡이를 가져다 두드리며
위태롭게 지하철 층계를 내려가려는 아주머니 한 분.

비스름히 위태로워 보이는 아저씨가
비척이는 걸음으로 빠르게 아주머니에게 다가갑니다.

그리고, 익숙한 듯 아주머니 팔짱을 끼고서

- 이 층계는 열두 개예요.

라고 말씀하셔요.

검은 안경과 흰 지팡이의 아주머니는

- 다 와서 이렇게 헤매네요.

라며 고맙다 하십니다.

팔짱을 낀 아저씨의 팔에 의지하여
두 사람은 큰 소리로

- 하나, 둘, 셋, 넷… 열둘

명랑하게 외치며 열두 칸을 무사히 내려가셨죠.

사실 아저씨의 꺼림한 차림새와
불편한 걸음걸이를 보며,
대낮에 얼큰히 취한 분 아닐까 싶어
슬금 피했던 내가
얼마나 부끄럽던지요.

누구든 선뜻 돕겠다 다가서지 못했는데
결국, 아주머니를 도운 이는
꺼림하다 여겼던 그분이었습니다.

나의 이지러진 선입견,
같잖은 판정과

치부를
보란 듯이 홀렁 뒤집어 버린 것은

판단을 앞세우고
마음을 오므리고 있는 동안,

내달려
위태한 아주머니의 팔을 잡아 준
그의 행함이었어요.

아저씨는 아주머니를
무사히 전철 앞까지 모셔다드리고
인사 한마디 건네시곤 떠나셨죠.

- 갑니다, 조심하세요!

그의 뒷모습엔
으스댐이나 뽐냄이 없었어요.

꺼림한 행색이나
그가 가진

숭엄한 마음

말쑥하나
내가 가진
추저분한 마음.

민망하고
부끄러워

내내
발끝으로
애꽃은 바닥만
두드립니다.

〈내 치졸함을 일깨워 주신 분께 감사드리며 - 다솜〉

잠깐의 눈 맞춤

장마가 시작되려나.
하루돌이 비가 내립니다.

유리창에 빗기는 빗물을 풍성히 보고 싶어
책 한 권과 메모 노트를 들고
창이 넓은 카페를 찾았지요.

광각으로
넓게 펼쳐진 유리창 위로
빗물이 자발스레 뛰며 놀아요.
마른 마음들 흩뜨리며
키들거리는 빗물.

그런데요,
놀러 온 빗물의 마음에 어깃장 놓으며
놀아주지 못하는 이들이 참 많네요.

건물과 건물 사이.

채 스무 걸음도 안 되는 거리를
빠르게 내달리어
그나마 몇 방울 맞지 않은 빗방울
신경질적으로 털어내는 사람群.

절대, 모험은 하지 않으리.
건물 차양 아래에서 안전히 우산을 펴고
유유히 밖으로 나오는 사람群.

나처럼
내리는 비를
조망하는 사람群.

처연히 비를 맞으며
젖음을 즐기는 사람群.
그나마 말랑하니
빗물의 손을 잡아 준 이들이죠.

하지만,
나의 눈이 멈춘 곳은,
일에 집중하느라

땀과 빗물이 혼용되는 사람群이었는데요,

주상복합건물의
이삿짐을 나르는 인부 두 분이었죠.

터진 어깨솔기 밖으로 앙상한 어깨뼈를 드러낸
파란 티셔츠와 츄리닝 바지.
바퀴 달린 밀대 이용하여
머리 높이를 훌쩍 넘는 장이며 책상을
밀고 옮기는 그들의 옷은
벌써 절반 이상 젖어 있습니다.

1톤 트럭에 싣는 것을 보니,
다행히 큰 가구가 많은 것은 아닌 것 같아요.
대신 자잘한 상자며, 보따리가 많네요.

천진한 빗방울은
그들의 사연일랑 관심 없나 봐요.
평평한 놀이터가 좋은지
첨벙첨벙 적시고 놉니다.

아,
저쪽에 이삿짐의 주인인 듯한
희멀건 한 젊은이가 서 있네요.

우산의 검은색이
표정 없는 그의 얼굴에
검정으로 번져 올라요.

마치
구덩이에서 기어 나오길
포기한 듯한 얼굴.

나뭇가지 끝에 매달려 버둥대다
곧장 구덩이에 떨어진 걸까요?

무기력과 절망이
덕지덕지한 청춘.

눌어붙은 더께들을 떼느라
질금질금 묻어나는 피.
그 피가 또다시 아픔의 더께가 되었겠지요.

온전히 비를 맞는 건 정작
짐을 나르는 인부 두 분이건만,

내게는
검은 우산을 녹이며 흘러
혈관까지 검게 물들일
검은 비를 맞는
그가 보여요.

하늘은 점점 더 끄느름해지고,
삼삼오오 모여 잔망스레 뛰놀던 빗물은
이제 커다란 대열을 이뤄
운동회라도 하려나 봅니다.

우우, 와와
까르르 웃어대던 소리가
응원하는 소리에 묻히는 걸 보면요.

얼추 짐이 다 실렸는지
그 위에 비닐을 덮지만
이미 젖어 버린

종이상자와 보따리들의 품새가
처량합니다.

이대로는 안 되겠다.
이대로는 못 보내겠다.

난 벌떡 일어나
테이크아웃잔에
뜨거운 커피 한 잔을 주문하여
청춘에게 다가갔지요.

그리곤,
커피를 손에 쥐여 줬습니다.

그런데 말이죠,
놀라운 일이 일어났어요.

경계하거나 사양하지도 않은 채
순하게 커피잔을 받아들고선
꾸벅 인사를 하더라고요.
마치 기다렸다는 듯 말예요.

나 역시,
미소만 보냈고요.

그리고 이어진
잠깐의 눈 맞춤.

이거면 됐어요.

무더운 장맛비에
뜨거운 커피를 건네며
더는 춥지 않기를 기도했거든요.

그리고,
커피 한 잔 건넸던
낯선 이의 따스함에
덕지덕지 눌어붙은
피딱지와 더께들이 불려져
저절로 떨어지면 좋겠다.
기도했고요.

돌아서서 다시 들어와 창밖을 보니

망부석처럼 서 있던 그 청춘.
고개 돌려 나를 보고 있었습니다.
그리곤, 다시 한번 까딱 인사를 했고요.

희미하게 웃었던가요?
아마, 그랬던 것 같아요.

우리의 이야기야 어찌 흐르든
운동회를 시작한 빗줄기들은
마냥 신이 난 채
이어달리기를 시작해요.

내 마음도
이제야 안심하며
빗줄기들과 함께
바통을 들고 뜀박질을 합니다.

〈새살이 돋아 올랐을 그를 꿈꿔요 - 다솜〉

어찌 저 여인의 말에선
담색과 농색의 어우러짐이
느껴질까….

어쩌면,
사람을 집중시키는 것은
큰 소리와
과장된 몸짓이 아닐 수도 있겠다.

작은 소리라도
깊은 눈빛
무엇보다 거기에 담긴
진심.
이것만 있다면

모자람 없이 넉넉하게
'나'를 말할 수 있겠다.

빈틈

급성 편도선염에 걸렸어요.

목이 부어오르며 칼칼해지더니
야울야울 타오르는 아궁이 불처럼
온몸이 뜨거워지기 시작합니다.

한낮이지만
눕고 싶은 간절한 마음.

암막 커튼을 치고 눕자
약 기운에 까무룩 잠이 들었죠.

얼마나 잤을까요?
목덜미 땀을 닦으며 샛눈을 떴는데

암막 커튼 사이, 미세한 틈으로
빛 한줄기가
몰래 숨어들었더군요.

그 빛에 손을 포개자
잉걸불 가져다 댄 듯
뜨거운 온도로
내 손가락을, 손등을
휘감습니다.

아무리 강렬한 빛이
눈이 멀도록 화드득 탄다 해도
틈이 없으면
볼 수도
느낄 수도 없지요.

한때는 빈틈을
허점이라고만 여겼어요.

빈틈으로 찬바람이 들고,
빈틈이 생기면 공격을 받고,
자칫 떨어뜨린 동전이
빈틈으로 굴러 들어가면 꺼낼 수 없고,

꼼꼼허니 빈틈이 없어야 하고,

빈틈없는 것이
완전무결한 것이라고,
그렇다고 생각했죠.

하지만, 언제부턴가
빈틈이 다르게 다가와요.

빈틈은 **허점이 아니라**
여유로움이라고요.

빈틈 사이로 스며 나오는 햇살을
오늘처럼 만져 볼 때,

성숙한 이들이 보여 주는 빈틈이
배려임을 알았을 때,

듬성듬성 빈틈을 둔 공간의 트임이
시원함으로 느껴질 때,

마음의 짐 풀어 놓을 때까지
빈틈을 두고 떨어져 기다리는

너그러움을 만났을 때.

그것은 분명한 여유로움이죠.

틈이 있어야!
상대의 빛을
받아들일 수 있으니까요.

이런 빈틈이 있으신가요?
다른 이의 빛을
받아 안을 여유는요?

틈새 하나 내어 주지 않는
강퍅하고 비루한 마음.
그을음 수북한 마음은
수세미로 북북
닦아내 보죠.

이제 자투리도 남기고
여백의 미도 살리면서
너털너털

털어 내며 살아 보자고요.

어린아이들이
한 번씩 앓고 나면 쑥 크는 것처럼

아직도 앓으면서 배우는 게 있는 것 보니

난 아직도 다 못 자란 듯합니다.

⟨진짜 어른이 되고픈 - 다솜⟩

청각장애를 앓는
한 여인이 자신의 이야기를 들려 줍니다.

수화(手話)가 아닌,
음성을 통해서요.

정확하지 않은 발음이지만
또박또박
천천히.

그리고 무엇보다
나지막이 말합니다.

높낮이도 없고,
평탄하기 그지없는 말소리.

하지만
그 누구의 극적인 목소리보다 훨씬

흡인력이 있었어요.

사십여 분이 지나는 동안,
단 한 번도
지루하거나
따분하다는 느낌을 받지 못했지요.

단순하게 구사하는 문장이지만
담백하고 차분한 동양화처럼
충분히
잔잔하고 아름다웠으니까요.

생각해봤죠.

어찌 저 여인의 말에선
담색과 농색의 어우러짐이
느껴질까….

어쩌면,
사람을 집중시키는 것은
큰 소리와

과장된 몸짓이 아닐 수도 있겠다.

작은 소리라도
깊은 눈빛
무엇보다 거기에 담긴
진심.
이것만 있다면

모자람 없이 넉넉하게
'나'를 말할 수 있겠다.

담과 농의 대비와 조화는
거기에서 시작되는구나.
알겠더군요.

또 하나는,
들을 때의 나.

듣는 내가
근청(謹聽)하고 있는가.

공손한 태도로
조심성 있게 듣는 청취자인지
돌아봤습니다.

그녀가 말할 때는 당연히
집중해서 들어야만
잘 이해할 수 있을 거란 생각에
매우 훌륭한
듣는 이의 자세를 취했죠.

좋은 들음의 자세.

그 누군가가 이야기를 하더라도
이런 마음과 자세를 취한다면
어떠한 소리라도
집중하게 되겠지요.

말과 마찬가지로
농과 담이 어우러진
아름다운 들음이 될 거예요.

내 이야기를 전할 때는
조용하되 진실하게,

상대의 이야기를 들을 때는
공손하고 조심성 있게.

때로 우리는
동떨어진 누군가의
근사함과 멋짐에 환호하지만,

결국
바라는 것은

따스하며 정다운 마음.
그리고,
담담하고 소박한 동행 아닐까요?

잘 말하고,
잘 들을 수 있다면!

우린 평생의 동행인이 될 거예요.

〈잘 말하고, 잘 듣기 - 다솜〉

소음이 결정을 좌우하는 세상

[연로한 은퇴 사제는 자기 경험에 비추어 볼 때
사람이 침묵하지 못하면
서로를 이해하는 능력을 갖출 수 없다고 대답했다.

또한, 각 교구의 정책수립협의회를 감독하는데
최근 들어 토론으로 결정 내리는 방법을
더 허용하지 않는다고 말했다.

이러한 방법을 허용하면 결과적으로
'소음이 결정을 좌우'하기 때문이다.

대신에 구성원 전원에게
의견 불일치에 대해 자기 입장을 놓고
명상하라고 요청한다.

시간이 한참 흐르고 나서
다시 모인 사람들의 생각은
대체로 바뀌어 있다.

"밖에 나가서 농장을 이리저리 거닐며
생각해 봤어요.
내가 다른 사람 입장이라면,
내 주장대로 일이 결정되었을 때
얼마나 기분이 언짢을까 하고요."]
- 〈'침묵의 추구' 중에서〉

요즘 읽는 책의 핵심이죠.

조리 있게 말하여
내 주장을 영리하게 관철하는 것에
길든 우리.

하지만,
이러한 관철이

한편으로는
'소음이 결정을 좌우'한다.
라고 여겨질 수 있다는 것.

또한,

누군가에겐
아픔이고
언짢은 마음일 수 있다는 것.

새삼 가슴에
비명처럼 울리네요.

그래요.

서로가 애매한 상황일 때도 그렇죠.

어설프게 말로 덮어 버려서
정작, 정확한 상황을 알고
의미 있는 대화를 나눌 기회를
놓치기도 하잖아요.

소음이 넘치는 세상.
능변가가 중심이 되는 구조.

침묵으로
오가는 대화와

침묵으로 채워지는
공간.

정말
불편하고
불가능하기만 한 걸까요?

〈침묵으로 오늘을 응시하며 - 다솜〉

정해 놓은 제목답게

가끔
책장에 꽂힌
책들의 제목을
무심히
읽어 내리는 때가 있습니다.

방금도 마찬가지였죠.
의자에 앉아
좌에서 우로
위에서 아래로

제목들을 훑으며
따라 읽다가

- 와!

수백 권의 책 중
같은 제목

한 가지도 없음을
발견했어요.

혹시나 하여
다시 읽어봅니다.

역시나
같은 이름은 없네요.

두껍고
얇은
저 책 속 이야기들.

그 이야기들의 내용을
반드롬허니 집약시킨 한 마디가
바로
제목이잖아요.

그렇네!

책들도

각기 제 이름을 갖고
자기다움을
표현하는데,

왜
나는
내가 저이 같길 바라고,
그이가 나 같길
바랐을까?

나와
그들이 담고 있는 이야기
모두
다른데 말이죠.

그렇게 불리는
이름이
모두
다른데 말이에요.

'기대'라는

제목을 붙였으나
내용은
'암묵적인 강요'가 아니었는지

나의
추한 욕심을
교묘히
이야기 속에
얼쉬진 않았는지
새김질해 봅니다.

글쓴이가
정해 놓은 제목답게
혼돈 없이
이야기를 지켜내는
책들처럼

나 역시,

나를 지으신 이가
시작하여 완성해 가는 이야기에

분탕질 않고
살아야겠습니다.

또한,
다른 이들의 이야기도
판단 없이
읽어 가려고요.

왜냐하면
각자의 이야기는
검불덤불
아무렇게나 지어진 것이
아닐 테니까요.

〈서로의 인생 이야기를 존중하는 우리 되길 바라며 - 다솜〉

'수치'라는 자리

'수치'라는 자리에
들어갈 때가 있습니다.

스스로 원해서
수치를 당하는 때는 없죠.
꼭 못난 일을 하여
수치를 당하는 것도 아니고요.

나름 잘 하려다
삐끗,

소신껏 하다.
풀썩,

전심으로 돕다
화르르,

그리고

영문도 모른 채
퍄당.

이렇듯
선한 일 하다
오해받으며
수치 가운데 들어간 이가
고민하자

함께 있던
인생 길잡이 선배가
말씀하십니다.

- 이토록 수치스러울 때
가장 하고 싶고,
하기 쉬운 일이 뭘까?

아마도 떠나는 일이겠지.

그 자리를 떠나고
그 일을 떠나고

그 사람을 떠나고.

하지만,
난 이렇게 조언해 주고 싶어.

기도하라고.
그런데
이렇게 기도하라고.

'이 수치 가운데서
절 구해내지 마십시오.

당신께서 허락하신
수치스러움,
견뎌야 할
분량을 다 채워
이겨내게 해 주십시오.

그리하여
결국
그 수치가

자랑이 되게 하여 주세요.'
라고 말이지.

곁에서
함께 듣고 있던 나는

생각이
듬쑥하고
신중한
선배의 길지 않은
조언에 담긴

연심(研尋)한
영성을 보았습니다.

도망쳐서
겨우
숨었는데,

머리만 풀에 감춘 채
온몸 훤히 드러낸

꿩과 같은 꼴이라면

얼마나 큰
허망함에
휩싸이게 될까요.

'**큰바람 뒤는 고요하다.**'라는
속담처럼

수치심이
마음을 들끓게 하고
이리저리
밀쳐내며
휘몰아 가도
결국,

그 바람.

잔파동도 일으키지 않을
태연하고도
잠잠한 끝을

가져올 테죠.

원치 않았으나
마주하고만
온갖 만시름도

결국

'시름 끝'이란
매듭을
지어줄 겁니다.

시름에 잠식당해
물속으로 끌려 내려가던
무기력함을 꾸짖고
수면 위로 올라올 용기.

내게 주어진 분량을
다 채우며
성숙해져 갈
속 깊은 기대.

바로 지금
여기서부터
시작해 보려고요.

〈시름의 끝에 함께 설 우리를 기대하며 - 다솜〉

꿈

- 신께서 우리를 창조하실 때,
각자에게 꿈을 두지 않으셨을까?
한 사람 한 사람에게 꿈을 실어
이 땅에 보내셨을 테지.
아가, 난 너를 통하여 하나의 꿈을 이룰 거란다. 하면서
말야.

몇 년 전부터 책상에 세워 놓은 달력에는
각종 질환으로 투병 중인 가족과 지인들의 수술,
방사선과 항암치료, 정밀검사까지 적어 놓은 칸이
점점 빽빽해지고 있어요.

그리고, 지평선 너머로 달이 넘어가듯,
내 소중한 이들이 희슥하게 희미해지며
내가 있는 이 땅을 놓고 하늘로 오릅니다.

연청빛이던 그네들의 삶은
살아 있던 것이 거짓이었던 듯,

여린 바람처럼 그리 묘연해지죠.

경험치가 오를수록
이런 일을 마주하는 것에 담담해지지만,
마음은 쐐기에 쏘인 듯
더 깊이 쓰리고 아려옵니다.

오늘 아침도, 온몸에 전이된 암.
의연하게 치료를 이어오던 선배의 연락을 받았죠.
3차까지 항암치료를 했지만,
오히려 더 많이 전이된 암 소식을 들었다는 겁니다.

문자임에도,
사사롭지 않고 객관적이며 차분한
그분의 목소리가 들리는 듯했어요.
잠시 당황스러웠지만 이내 받아들였고
이제 바뀐 치료에 열심히 임해 볼 거란 말씀.

그런데, 곧이어 선배는 덧붙입니다.
주님께서 언제 자신을 부르실지
이젠 알 수 없으므로

정리를 시작하려 한다고요.

어찌 이런 말을 애달프거나 구슬프지 않게,
마치 앞마당에 무성한 잡초를 정리한다는 말처럼
담담하게 할 수 있을까요.

그때, 신께서
우리 모두에게 꿈을 두고 창조하셨을 거란,
지인의 음성이 떠오른 거예요.

앞서간, 그리고 이제 떠나갈 이들.
그 모두를 조용히 불러내시는 그분은
당신의 꿈을 그네들에게서 이루셨겠구나.

그 꿈이 무엇일까 알지 못하여
갈지자로 걷더라도,
비틀대는 걸음 다독이면서
당신은 포기하지 않고 열심히
그 꿈을 다듬고 계셨던 게죠.

- 이제 되었다 아가.

이 땅에서 네게 주어진 몫의 꿈을 이루어 줘서 고맙구나.
편히 쉬거라.

그들은 여린 바람처럼
묘연히 사라진 것이 아니라,
돌올한 선명함을 남기고
단단하나 고요한 쉼에 들어가는 것이었어요.

어찌 살았든,
그들의 끝은 고매하며 고결해요.

그들만일까요?

언젠가,
우리를 통한 신의 꿈이 이뤄진 그 날.
우리도 숭고히 그들 곁으로 가게 되겠죠.

선배에게 그리고 내게 가진
신의 꿈은 무엇일까?

궁금해지는 밤입니다.

〈꿈쟁이 전능자님, 당신의 계획을 알려주실 수 없나요? - 다솜〉

의심에 마음 주지 않기

만남의 시간에 한 번도 늦은 적이 없는 지인이
15분이 넘도록 오지 않아요.

걱정되던 차에, 상기된 얼굴로 들어서는 그녀.

**- 늘 오던 곳인데, 왜 갑자기 주차장 입구가 낯선지
그냥 지나치고서야 아차, 싶더라고요.
그래서 한 바퀴 삥 도느라 이제야 들어왔어요.**

- 아직 정신줄 놓을 때는 아니지 않아요?

둘이 까르륵 웃다 돌연히 떠오르는 의문.

- 왜 낯설었을까?

물으니, 그녀의 답.

- 순간 거기가 아닐까봐 불안했나 봐요.

순간의 불안으로 놓치는 일상은
우리를
에돌게 하고
그릇 걷게도 합니다.

어찌 보면 불안은
의심으로부터 시작되는 듯해요.

의심이 들어오는 짧은 시간.
불안함이 가져온 '선택의 순간'이
잘못된 곳으로 방향키를 돌려놓는 거죠.

믿는 것에 대해
불필요하게 의심하지 않는 것.

이제야
간단한 이치에 담긴
함축된 깊이가 보이니,

참…

살수록
단출한 것이
가장 어렵다는 것을
알게 됩니다.

〈가벼운 날들의 시작 - 다솜〉

상처는 긁어 내고

오래된 아파트 외벽 작업으로 분주해요.

주민들에게 색상 선호도 조사 후,
새로이 옷 입히기 전
시원하게 물로 때 벗기는 작업부터 시작합니다.

다용도실 창문 밖으로
작업줄에 매달려
어른어른 그네 타는
남자의 모습이
힐긋 보이다 사라지다 하네요.

그리고,
갈라지고 터진 곳들을 메꾸는
우레탄 아크릴 퍼터 작업을 하더군요.

얼룩덜룩.
손대기 이전보다 더 지저분해 보여요.

교묘히 감추어 놓았던
날것이 드러난 자리죠.

상한 것을
그냥 덧칠하지 않고,
심한 곳은 긁어 낸 후 메꾸는 거였어요.

누수로 인해
울퉁불퉁 벗겨지고 들뜬 부분도
말끔하게 파내고 긁어 내고 나서야!
그 위에 퍼터 작업을 합니다.

어라?
그리고 보니 유형의 혹은 무형의 상처들을
치유하는 방법이 같네요.

우선 파내고 긁어 내서
가리기 위해 덧입히는
속임수를 쓰지 않는 것.

그렇게 드러낸 것들은

괜히 건드렸다 싶게
우울하고 추한 낯빛을 드러내기 마련이죠.

하지만,
썩고 곪고 상한 것을
파내고 긁어낸 그 자리를
도톰히 새 약 발라 메꾸고,
그것이 마를 때쯤 깨끗한 페인트로 칠하면
아름답게 빛나는 새로움을 갖게 됩니다.

마음을 곪게 했던,
다 함께 스러지므로
그저 닳고 늙어 가는 모양새일 뿐이라고
자위하던 속삭임.

이제 내려놓고
아픔을 도려내는 건 어떨까요?

잠시만
아주 잠시만
부끄럽고 민망하며 치욕스러운 시간을

견디는 건요?

그럼
어느새
하야 말끔하고 때 없는 마음이
해말간 숨을 내쉬지 않을까요?

〈가리기 위한 속임수, 이제 그만요. - 다솜〉

올찬 옹이

끄적거리다
미처 다 마치지 못한
스승의 글귀를 읽었어요.

남들이 말리는 것을
극구 사양하고
설득시키며
소신대로
이른 결정을 한
은퇴.

자리를 물러난
어느 날 아침
적어 내린
마음의 소리.

[아침에 일어나
여느 때처럼

수염을 깎았다.

그런데, 문득

어디로 가지?
하는 생각이

마음을 베어 버린다.]

늘 주목받던 삶.

그 삶의 자리를
기꺼이 내어주고 돌아섰건만,

미련 없다. 믿던 기운찬 마음도
사실,
치기였다, 여기시려나

헛헛하고, 부산스러울
그 마음.

단번에 읽혀
내 눈가가
뜨끈해집니다.

다 이뤘다는 것은
없는 걸까요.

그 말은
예수님만 할 수 있던
말씀일까요.

그냥
그것이 나이고
내가 그것이던
그 모든 것을
보낸 후

한동안
마음에
얼얼함을 간직해야 하나 봅니다.

다만,
얼얼함이
부르르 떨지 않고

얼얼함이
잠들지 않고

베어 흐른 얼얼함의 피,
고이거나
졸아붙지 않는

스승의 마음에
높고 평안한,
올찬 옹이가 되길
기도합니다.

〈올찬 옹이, 만들고 계시죠? - 다솜〉

모든 생명에 깃든 신의 마음

새벽 묵상을 마치고
창을 여니
바람 한 자락
밤새 기다린 듯
인사하며 지나갑니다.

아직 잠이 덜 깬 채
서로가 이불 되어 누워 있던 은행잎들은
둥근 해가 떴다며
바람 따라 기지개를 켜곤
떼로 솟구쳐 올라요.

은행잎의 기지개를 훼방하며
뽀로록 날아 다니다
가지에 깃드는 장난꾸러기 새들

반가운 친구들과
눈 맞춤 한 후

오늘도 어김없이
어스름 밝아오는 아침 해와 마주하며
뜀을 뛰는 어르신을 바라보죠.

발소리도 나지 않을 만큼
가볍게 땅을 구릅니다.

달라진 게 있다면
운동복이 반소매에서 긴소매로 바뀌었다는 것.
아! 요즘엔 손이 시린지
목장갑을 끼고 까만 털모자를 쓰셔요.

그는 시계와 같습니다.
2년이 넘도록 거의 빠짐없이
아침 6시면
우레탄 트랙을 돌지요.
시선은 항상 바다.

나는 커피 한잔 손에 들고,
그와 함께 달리는
파란 하늘과 흰 구름,

빗줄기와
까만 모자랑 운동복을
그리고
하얗게 뒤덮는 눈송이를 봅니다.

하냥 같은 모양으로
일정하게 트랙을 돌고 도는
그는 주인공.
그를 스치는 배경은 매일 매일 달라지며
사계절을 보여 주죠.

처음 그는
천천히 걸어 트랙을 돌았어요.
그러더니 어느새 빠른 걸음이 되더군요.
이제는 뛰시네요.
그것도 1시간을 꼬박요.

발전하고 있어요.
습관을 반복하면
기능이 향상된다는 기본적인 진리.

노력을 멈추지 않으면
결국, 뭔가를 더한다는 약속.

습관의 힘을 느껴요.
좋은 습관으로 하루를 시작하는 그가
내게 좋은 영성 훈련의 습관을 일깨워 줍니다.

나 혼자 만들어 낸
하루의 시작이랄까요?

간혹 너부러지고 싶을 때,

6시면 달리는 그와
그를 받쳐 주는 오늘의 배경을
모자람 없이 보고 싶어서
창 앞에 서서 혼잣말을 해요.

- 참 한결같으셔요.
저도 어르신처럼 내 영적인 곳간 채울
묵상 자리 빼먹으면 안 되겠죠?

- 그럼, 당연하지.

답을 하시는 걸까요?
팔을 크게 빙빙 돌립니다.

그는 모르죠.
2년이 넘도록 내가 바라보고 있음을요.
수업료 한 번 내지 않고 청강하는
얼치기 학생이 있음을요.

성실한 그의 가르침은
안일한 내 하루의 시작을
의미 있게 바꿔 줬지요.

세상
어느 생명 하나
신의 마음을 담지 않은 이들이 없습니다.

그러니,
부실하다 여길 만한 생명도
연막으로 가린 것뿐이니

그 안에 깃든
말간 신의 풍경을 바라볼
눈이 필요해요.

이 눈은,
천국에 이를 때까지
곱 끼거나 낡지 않았으면
좋겠습니다.

〈이 눈을 가지셨나요? - 다솜〉

이른 봄의 정경이
입안에서
당실거립니다.

도무지
작위라곤 없는 맛.

하나하나가 또렷한데
또, 그 하나하나가
조화를 이룰 줄 아는 맛.

내가,
당신이,
그리고 우리가

이렇듯 작위 없이
누구의 품에라도 깃드는
좋은 사람이었으면
참
좋겠습니다.

작위 없는 조화

조미되지 않은 살짝 구운 김에
따끈한 밥과
잘게 썬 달래를 섞은 간장을 얹어
입안에 넣습니다.

한 입 씹으니
"파삭"
먹빛 바다 내음 한껏 풍기는
서늘한 김 맛이,

두 번째 씹으니
그 안에 돌돌 말려
조그맣게 몸을 웅크린
노을 내린 들판
알곡의 영근 맛이,

세 번째 씹으니
쌉싸름하나

그마저 살가운
달래의 향이

네 번째 씹으니
모두를 아우르는
이른 봄의 정경이

입안에서
당실거립니다.

도무지
작위라곤 없는 맛.

하나하나가 또렷한데
또
그 하나하나가
조화를 이룰 줄 아는 맛.

내가,
당신이,
그리고 우리가

이렇듯
작위 없이
누구의 품에라도 깃드는
좋은 사람이었으면
참
좋겠습니다.

〈바짝 다가온 봄과 눈인사하며 - 다솜〉

갈무리

이 해가 꼭
엿새 남았습니다.

어느새
359일을 지난 거죠.

눈 아리게 동 터오던
새해 첫날의 기지개.

상활한 마음은
온데간데없이

어둔 낯빛
그늘진 염려
이고 진 채로

삼백 날을
넘어왔나 싶어

소심한 마음
뜨끔합니다.

하지만 이내

아직
엿새 남았다는
희원(希願)을
품어요.

이 여섯 날 동안엔
기지개 켰던 두 팔
고이
거둬들이려고요.

비록
알찬 359일은 아닐지라도
저물녘의 때 깨달아

올바른 갈무리로
이 해를
거두려 합니다.

〈시작보다 끝이 중요하다는 어르신들 말씀 기억해요 - 다솜〉

방에 주저앉아
지인들께 선물할 책에 사인을 시작했어요.

한 권, 두 권…
권수가 쌓이면서
누구에게 어떤 말을 썼더라?
확인하려 들춰 보다

목적을 잊은 채
한 장
두 장
책 내용을 읽습니다.

한참이 지나서야,

- 내가 뭐 하고 있지?

정신 차린 후,

다시금 적어 내린 인사 글귀를 살펴요.

하지만, 어느새
책장 넘기길 또다시 반복하는 나.

- 참 내….

나이가 들어가는 걸까요?
한 가지 일을 하는 데
시간이 퍽 오래 걸립니다.

이 일 하다가
저 일이 생각나면
그것 잊을까 하여
저 일부터 처리하는데,

정작 해야 할
이 일을 까맣게
잊어버린다는 거죠.

간혹

친정어머니가
태워 놓으신 냄비를 닦으며
닦이지 않는 검댕에
속이 상했었는데

이제
내가
그 검댕을
익숙히 바라볼 때가 되어옴에
난편(難便)한 마음이 눌러오네요.

이렇듯, 저렇듯
내 안의 나는
변한 것이 없는데
밖의 나는
겹겹이 세월을 입습니다.

나 역시
닦이지 않는
그을음과 검댕을
담담하게

마주해야 하나 봅니다.

그런데요,
나에게 검댕이
꺼뭇꺼뭇 입혀진다 생각하니

참 이상하죠?

그것이 더러움도 꿉꿉함도 아닌
마치 나이테처럼
지혜의 개수를 보태 주는
주름살 같은 느낌?

소박하고 단아하게
연륜을 알려주는 주름살처럼
검댕과 그을음도

밝고 찬란하기만 하던
원색의 젊음을 중화시켜
예스럽고 소박한 멋을 내는
중후한 빛깔로 만들어 주겠구나

싶더라고요.

이렇게 하나씩 일어나는
미세한 변화들을
순전히
맞을 수만 있다면

나이 듦.

이처럼 설레고 근사한 일이
또
있을까 싶습니다.

〈흰 머리카락과 깊이 팬 주름살에 경의를 보냅니다 - 다솜〉

고정된 관념과 신념

놓아 둔 정신 줄.

다시 부여잡아야겠다는
친구의 편지를 받았어요.

소중한 것을
마구 버려 두며 살아온
본인이 보였다고도 하네요.

자책과 후회로 시작했지만
마무리는
깨달음에 대한 감사였답니다.

내 생각
그리고
그로 인한 행동.

그것에 대하여

나는
얼마만큼 반성하는가.

하물며,
깨달아야 반성할 텐데
돌아보기는 하는가.

곧고 바른 마음을 일으키며
자신과 마주하는
명확하고 견실한 태도.

늘 여리고 순하게만 보이던
30년 지기 친구의
굳고도
믿음직스러운 단단함이

내가 알고 있다 자부하며
결론 내린
30년 고.정.관.념에
부끄럼을 줍니다.

틀림없다. 라고
단호히 생각하던 나의 신념들.

찬찬히
추려봐야겠어요.

〈고정된 관념과 신념을 마음에서 끄집어내며 - 다솜〉

촌스러워 정겨운

내가 사는 곳은
지은 지 20년이 지난
오래된 아파트예요.

크리스마스가 지난 지 언젠데
깜깜한 밤길.
아파트 입구 나무 몇 그루에 걸쳐진
빨강 파랑 초록의 원색 전구들이
정신을 홀떡 빼놓을 만큼
헐그럭 덜그럭 몸을 흔들며
여전한 춤을 추는 곳이죠.

조금 더 걸어 들어오면

이젠 학교 주변에서도 잘 볼 수 없는
문방구가 있고요.
작은 가게와
자세히 보지 않으면 지나칠 만큼

눈에 띄지 않는 떡집 하나.

그리고,
왕년에 잘 나갔을 시절
탁구채를 잡고 멋들어진 폼으로
스매싱을 날리는,
하지만 이제는 빛바랜 사진 간판
걸어놓은 탁구장이 있죠.

양옆으로 새로 지어진
날씬하고 세련된 아파트들 사이에
쏙 들어앉은
조색스레한 모양새.
그러나
푼더분한 내음이 있는 곳.

이곳에는
새것이 갖지 못하는
그윽하고 품위 있는 자연의 멋이 있어요.

나이 먹으며

웃자란 큰 나무들이
아파트 속 빽빽이 자리하는데요.

3층 내 집 베란다 창밖.
4월이면 잎 틔우며
사계절을 집 안으로 들여 놓는
당당한 품새의 홍단풍 나무부터

담장마다 고개 내민
꽃 떨기나무들

그리고,
얼기설기 머리를 맞대어 이룬
산책길 단풍나무 터널까지

집에서도
단지 안에서도
어디서나 눈 들어 바라보이는
나무들로
참 행복합니다.

50년쯤 지나면
툭툭 두들기고,
쓰다듬고 지나다니던 이 나무 중
하나 정도는
둥구나무가 되어

지난날의
자신을 귀히 여기던
한 여인의 손길.
기억해 주겠죠?

뭉근한 이야기가 피어나는
촌스러운 이곳이
난
참
좋습니다.

〈도시 속 촌스러움의 다정함을 나눕니다 - 다솜〉

상대가
나를 밀어낼 때,

상대에 대한
내 속마음이
거짓 없는 참됨이었다면

밀쳐져 할퀴어진
내 마음의 아픔보다

밀어낼 수밖에 없는
상대의 그 마음이
더
아프게 다가오지 않을까요?

〈그럴 수밖에 없었겠지 - 다솜〉

나는 균형 잡힌 사람인가?

잘 쓴 글씨와
보기 흉한 글씨.

그 차이를
생각해 본 적 있나요?

곰곰이 고민하고 내린
나의 결론은

〈균형〉이었어요.

필체가 시원하고
조밀하고의 문제가 아닌

균형이 잡혔는가?
흐트러졌는가!

이것이

글씨의 품격을 가르더군요.

잘 쓴 글씨
자세히 보니
조화로움만이 아닌,
균정하고 단아한
아름다움이 흘러요.

모든 것의 균형이란
이처럼
고결한 가치를 부여하죠.

'난
균형 잡힌 사람인가?'

키가 크고
키가 작고
뚱뚱하고
마르고

이런 커다란 틀이

나의 모습을
규정짓는 것이 아니라

틀 속에 담긴
눈, 코, 입.
그리고
팔다리의 균형.

조화로운 균제가,
치우치지 않은 수평이,

내 모습의
가치를 부여해요.

마음도
매한가지 아닐까요?

내 마음의
드러남들이

모순이나

어긋남 없이
매끈하게
균형 잡혔길 바라지만,

혹시

오래되어 꺼져 버린
보도블록 마냥
더러운 물 고여
썩는 줄도 모른 채

지나치는 이들의
깨끗한 바짓자락
더럽히고 있는 건
아닐는지

마음의
꺼끄러기가
나도
상대도
아프게 훑는 것은 아닐는지

평형을 잃는다면
상대의 마음을
쏨벅거리게 만들 수도 있음을

따끔히
받아들입니다.

잘 쓴 글씨만큼
잘 그린 마음.

내게 그리고,
우리 모두에게
필요하죠.

다시 한번
물어요.

나는
균형이
잡혔는가?

나는
균형 잡힌
사람인가?

〈균형의 미 - 다솜〉

절대 사절 - 무례

늘 확신에 찬 논조를 설파하는 그대.

소신이 확신으로
확신은 확고함으로

확고함은 또다시
신념에 찬 말을 빚습니다.

그런데요,

신념에 찬 말이
조소와 조롱 섞인
무례함이어야만 할까요?

⟨존경의 시작,
겸손이 어우러진 신념 전달로 - 다솜⟩

백내장이 터를 늘려 갈수록
왼쪽 눈이 점점 더 어릿해져요.

한 번씩 아프고, 다칠 때마다
자연스럽던 기능들은
잔뜩 긴장한 채
어릿어릿해집니다.

눈도 어릿어릿
움직임도 어릿어릿

그런데요,
이렇게 어릿거리니
선명할 때보다
신중하게 보고 움직이게 되네요.

어차피 맞게 될 시간이라면
순응하는 게 낫겠지요?

그래서
노인이 될수록
지혜로워진다 하나 봅니다.

〈나이 듦, 지혜와 함께 - 다솜〉

사람 읽기

시각장애인을 위한 오디오북 녹음 봉사를 한 지
어언 3년이 되었어요.

나의 버킷리스트 중 하나가
녹음 봉사였죠.

책을 꽤 꼼꼼히 정독하는 편이라 자부했는데,
녹음을 시작하며
얼마나 건성으로 책을 읽었던가 깨닫게 되었어요.

녹음하며 나는
책을 세 번 읽는답니다.

첫 번째는 눈으로 읽고,

두 번째는 목소리로 읽죠.

그리고 세 번째는 녹음된 내용을

내 귀로 읽어요.

눈으로 읽으며
전체를 하나의 그림으로 바라보고,

목소리로 읽을 때는
글 속에 녹아 있는 표정과
숨소리까지 읽어 내죠.

그리고, 소리로 다시 들으며
작가의 마음을 읽습니다.

바람 들썩이고
모지락스럽던 내 마음은

글쓴이의 마음을 훑어내리며
그 마음의 풍경과
연막에 가려져 보이지 않던
넓게 펼쳐 놓은 별무리를 봐요.

오, 아름다워라.

너름새는 없을지언정
오롯한 작가와 글의 순수를
짧고 투명하게 느낍니다.

이제
사람도
세 번씩
읽어 보려고요.

오므려진 마음,

까치발을 해야만 닿는다 여기는
위축된 시선,

터분한 머릿속.

이렇게
세 번을 나눠서
찬찬히 바라본다면

쇠꼬챙이에 박힌 듯한 마음 너머

파도에 쓸려 아린 살갖 아파하는 바위 마냥
웅크리던 등 너머

가리어졌던
따스운 순수가 읽힐 걸 아니까요.

〈제대로 읽기, 지금부터 시작 - 다솜〉

초롱 같은 그이들이
먹물 빛 세상에

작지만 선명한
수만 개 불빛을
곳곳에서 엎지르지요.

실수처럼 엎질러야
자랑이 되지 않으니,
난
그들의 고매함을
감히
엎질렀다 말하려고요.

엎질러버린 사랑이
늠실늠실
눙치듯
세상과
나를 키워 갑니다.

사랑, 엎지르세요

초복인 오늘.

10월 중순 즈음의
말끔한 파란 하늘과
선선한 바람을 데리고 와선
초복이란 이름의 기세를
슬그머니 눌러 버립니다.

유난히 몸이 노곤하여
따뜻한 목련꽃 차 한 모금
입안에 물고 있는데,

삼계탕을 끓였다며
열 살이나 어린 벗이
밖으로 나오랍니다.

내 사는 곳과 이웃한 아파트.
그사이 성긴 담벼락 사이에 두고

금방 끓인 뜨거운 삼계탕을
냄비째 넘겨주네요.

고기 들고 나면,
찰밥을 국물에 말아 먹으라며
아직 풀내 난다는
열무김치 담긴 통까지
살뜰히 챙긴 그녀.

불 앞에서 장시간 씨름한 흔적이
화장기 없는 발그레한 얼굴에
그대로 묻어나는데

참 예뻤어요.

난장판인 부엌 얼른 치워야겠다며
뛰어가는 뒷모습에 대고
열심히 손 흔들다가

집으로 들어와 커다란 냄비를 여니,
전복까지 음전히 올려진

삼계탕 향이
콧속으로 밀려 들어와요.

가족들 먹일 닭을 사며
함께 먹이고 싶은 사람 떠올리곤
넉넉히 준비하는 수고로움을
마다하지 않는 고운 이.

헤아려 보지 않아도
내 주변엔
이런 고마운 이들이
참 많아요.

두 개가 있어
하나를 나누는 게 아니라

한 개가 최선인 상황 속
그 최선을 애오라지 늘려
나누는 이들.

그것이 사랑이네, 베풂이네

떠벌리지 않죠.

'나눔'을 '희생'이라며 으스대는
경박함 따위도 없어요.

'나눔 정신'의
'고매함'을
질박하게 나눌 뿐이에요.

삼계탕의 진한 국물 한 숟가락
입안에 머금고서
고운, 나의 사람들을
떠올립니다.

초롱 같은 그이들이
먹물 빛 세상에

작지만 선명한
수만 개 불빛을
곳곳에서 엎지르지요.

실수처럼 엎질러야
자랑이 되지 않으니,
난
그들의 고매함을
감히
엎질렀다 말하려고요.

엎질러 버린 사랑이
늠실늠실
눙치듯
세상과
나를 키워 갑니다.

〈가슴께가 뻐근해지도록 고마운 이들에게 - 다솜〉

따뜻한 다독임 - 새해

십여 년 전,
경주의 한 시골 농가로
가족과 함께
새해맞이 여행을 갔었죠

그야말로 예전 초가집
약간만 손을 본 그런 집이었어요.

묵을 방에 들어서니
지금은 박물관에서나 볼 법한
70년대 부잣집의 전유물이던
금성 골드스타 TV와
다이얼을 돌려 주파수 맞추던
트랜지스터라디오가 놓여 있더군요.

벽에는 이 집의 온기를 이어갔을
할아버지 할머니
그리고

그 할아버지의 할머니 사진까지
빽빽하게 걸려 있었고요.

언젠지도 모를
아주 오래 오래전 혼인하던 날.
시집오며 혼수로 장만했을
솜 틀어 만든 무거운 이불이
손님용으로 개켜져 있었죠.

울퉁불퉁한 구들바닥에 깔린
미끈거리던 누런 장판은
어디가 아랫목인지 확연히 보여 주며
누룽지 빛깔로 거멓게 눌어붙어 있었어요.

그곳에 너부시 주저앉아
뜨스한 온기에
추위로 경직된 몸이나 풀려 했는데,

메주만 걸려 있다면
영락없는 어린 시절
외할머니댁 건너 채 방과 흡사한 풍경을

바라보던 삽시간

아궁이 군불에 눌어붙은 방바닥이
이번엔 내 엉덩이를
서서히 눌리고 있었죠.

아직도 코끝은 맵싸한 찬기가
가시지 않았는데,
엉덩이 눈느라 지글댈까
황급히 일어났네요.

그리곤 **"엇 추워"** 소리 남발하며
마당에 내려서니
친절한 주인장.

연기에 눈물을 질금거리며
평상에 온기를 더해 줄 화롯불 속,
이리저리 쏘삭거리고 있었습니다.

- 여긴, 정말 저 어릴 때 시골 외할머니댁 같아서 좋으네요.

란 내 말에

- 맞아요. 저 역시 조부모님 댁을 물려받았고
리모델링해서 살라는 주변의 조언 다 무시한 채
최소한 손봐서 사시던 모습 그대로 유지해 놨죠.
오시는 손님들 반응은 의외로 좋지만은 않아요.
손님처럼 좋다 하시는 분도 더러 있지만,
예약 잘못했다고 툴툴대는 분들이 더 많죠.
아무래도 불편하니까요.
하지만, 전 바꿀 생각 없어요.
이대로 쭉 유지할 겁니다.

그리곤, 김치움에 가면 묻어놓은 독 안에
김장김치 있으니
얼마든지 가져다 먹으라 하셨어요.

그뿐만이 아니라,
우리 방 뒤편.
작은 닭장 안에
운 좋게 낳은 알이 있으면
그것 역시 먹어도 좋다 하셨죠.

조부모님의 집만 그대로 유지하는 것이 아니라
두 분의 인심 좋은 마음까지
어질게 이어가는
귀한 손자였어요.

남의 것이란 생각 없이
김장독에서 꺼낸
살얼음 낀 김치 한 포기.

한 줄기 손으로 쭉 찢어
입에 넣고 어적어적 씹으니
쨍하게 코끝 아리던 그 맛.

- 히야~

탄성이 절로 납니다.

가게에 가서 급하게 사 온 라면
바글바글 끓여서
보시기에 담긴 김장김치
척척 얹어 먹으며

살아 본 지난해
살아갈 이번 해
두런두런 이야기 나누니

회한은 묻히고
희망은 살아납니다.

그 한 해.

씩씩하게 홰를 치던
수탉 소리 때문일까
아님,
정신 번쩍 나게 입속을 쩡하게 만들던
김장김치 때문일까
그도 아니면,
조부모의 낡은 유산을 귀하게 여기는
천심(天心)이 착한 주인장의
삶의 자세 때문일까

참으로 내 마음.
퍽 골고루 이어졌더랬죠.

새로이 시작된 이 한 해.

그때처럼
선한 만남으로 인한
파릇한 아기싹이
마음자리에
움트게 되길 바라요.

또한,
선한 그 한 사람이
바로 내가 된다면
더욱 좋겠지요.

나로 인하여
이 한 해가
평안하고 고요했다
그리하여 고마웠다.

인사를 듣게 된다면

이 해는
더할 나위 없었노라.
따뜻한 다독임을 할 수 있지 않을까요?

〈각자 우리가 선한 한 사람이길 - 다솜〉

그네에 실린 바람

그네에 처음 앉아 본 것이
언젠지는 모르겠어요.
어쩌면 엄마 무릎을 의지해서 갓 태어나자마자
그네에 앉아 흔들거려 봤을 수도 있겠죠.
하지만, 내 기억 속엔
그네를 타며 깔깔거리는
네댓 살쯤의 모습이 선명하게 찍혀 있답니다.
조그만 엉덩이를 감싸고도 남을
닳고 닳은 나무의자.
그리고 앙증맞은 손에 불안스레 쥐어지던
녹이 묻어나는 쇠사슬 줄.
무서워하는 나에게

- 괜찮아, 오빠 있는데 뭐

라며 따뜻한 눈길을 주던 내 오빠
(큰오빠로 기억하나 어쩌면 작은오빠일지도 모를)의
얼굴이 아슴푸레 보여요.

조심조심
여린 등을 미는 손길이 느껴지자마자
얼굴로 확 달려오는 겨울바람.
그 순간
작은 몸이 하늘로 떠오르네요.
한 손에 다 움켜쥐지도 않는 쇠줄을
더욱 꽉 부여잡고,
오금에 있는 대로 힘을 준 나는
눈을 꼭 감죠.
오빠의 목소리가 들립니다.

- 눈 떠! 다솜아, 눈을 떠야 안 무서워!

어쩔 줄 몰라 하는 어린 동생에게
힘을 실어 주는 목소리.
나는 먼저 실눈을 떠서
내 앞에 펼쳐진 다른 세상을 봅니다.

- 우와아~

작은 입에서 터져 나온 탄성!

날 예뻐하시던 구멍가게 아저씨가
총채를 든 손을 휘휘 저으면서
기쁨의 인사를 하시네요.
그런데, 그 모습이 울렁울렁하게 보여요.
늘상 뛰어다니던 좁은 골목도,
대문에 매달려
신나게 대문 그네를 타던 미자네 집도,
우유에 밥을 말아 먹던
정말이지 이상하고 이상한 재구도
모두다 울렁울렁하게 보이는 거예요.
하지만 그것도 잠시!
울렁임이 조금씩 사라지면서
언제나 보았던 우리 동네를
하늘에서 내려다볼 수 있다는 희열이
넘실댑니다.
고개를 돌려 뒤를 보니
나보다 엄청 커 보이던 오빠도
인형만치 작게 보여요.
명치끝이 간질간질해 지면서
콧구멍이 벌렁벌렁.
그때의 환희가 얼마나 컸던지,

어른인 지금도 무언가로 인해 위축될 땐

세상을 아주 높은 곳에서 바라보며 느꼈던 네댓 살,

그네 위를 떠올립니다.

혹시, 가까스로 창을 열고 밖으로 나왔지만,

부는 바람에 이리저리 휘둘리기만 하나요?

그렇다면 이제는!

그네 위에 올라

세상의 바람과 마주 서세요.

그리고, 그 바람을 등에 태우고

혹은 가슴에 안고서

세상을 바라보세요.

꼬마 천사가 처음 마주했던

겨울바람 속,

단박에 품에 깃들던 그 세상을

여러분에게 나누어 드릴게요.

〈용기 내어 세상이란 그네 타기 - 다솜〉

마음을 늧이다

빗속으로
들어간다.

물큰한 물비린내
끈끈한 향이
투명하고 삽삽한 바람과 섞여
내 안으로 들어온다.

비에
바람에 의지하여

홀홀
미련도 없이
가뿐히
낙하하는
벚꽃잎들.

온통

제 몸의 색을 발하며
여기저기
하지만,

곱디곱게 드러누운
연분홍의
그네들.

이토록 차분한
그네들을 바라보는
내 마음은
왜 이리도
어지러이
분분할까?

뭔 기억들이
이리도
많을꼬.

무심한 붓질처럼,

진청색 바닥에
툭툭,

성긴 붓결 남긴
연분홍
담담함들이

내 마음의
흔적들도

은근하며
그윽한 마음결로
다시 칠해 주어

그렇게
능운(陵雲)에 이를 수 있다면
얼마나 좋으려나.

〈*무심한 붓질처럼 - 다솜*〉

연(戀)

지척이 천리라더니

스무 발자국도 떨어지지 않은 곳.
살김이 느껴질 듯
닿을랑 말랑한 거리에 서 있는,

그러나 볼 수 없는
두 사람.

너무 멀리 걸어와서
돌아갈 길이 참으로 멀게 느껴진다는 남자

끝없어 보이는 오르막길
구불구불 구절양장(九折羊腸)
무슨 배짱으로 올랐는지 모르겠다 하니,

오르막인 여자가 말한다.

- 내려가세요.

멀리 돌아 오르막에 올랐어도
결국엔
찍힌 발자국 따라
다시 걸어가게 되지 않겠냐고

꼬불꼬불
끊일 듯 이어진 길
돌아가기에
감감히 느껴지겠지만

결국
언젠가는
발걸음이 시작된 그곳에
다다를 거라고.

- 네.

남자의 대답.

명료한 결론.
하지만
뒷걸음질 치고 싶은 두드림.

가려니 갈 수 없고
보내려니 보낼 수 없는

그 남자
그 여자는

오늘도
마음과 머리가 분리된
별리를 한다.

〈쓰린 마음에 대하여 - 다솜〉

나비장

가끔 들르는 찻집.

그곳에 놓인 두툼하고 단단한 통나무 탁자가
어느 날부터 슬슬 틈을 내더니
조금씩 깊게 벌어지기 시작했어요.

어쩌나…
나만의 걱정은 아니었던 듯,

다음에 들르니
나비 모양의 나무쪽을 이용해
벌어진 틈을 단단히 고정해 놓았더군요.

신기해하는 내게
주인장이 말씀하셨죠.

**- 이음새를 연결해 준 이 나비 모양의 조각 이름이 뭔지
아세요?**

나비장이라 해요.

나비장.
고운 이름이기도 하네.

여기저기
본질은 온데간데없이
날카로운 감정만 모질게 쏘아대는 사람들.

쓰라림을 지나쳐
깊은 틈에 피를 냅니다.

결이 다른 나무도
나비장으로 접목해 놓으면 벌어지지 않는다는데,

결이 다른 사람의 마음.
결이 다른 감정의 대응.
결이 다른 상처의 총화.

쓸쓸한 흉터의 패임을,
그래서 벌어진

그들과 저들의 절커덩거리는 이음매를 붙여 줄

내가
당신이
나비장이 될 수 있을까요?

〈세상에서 가장 어려운 이름 나비장 - 다솜〉

위로는 말이 아닌, 체온으로

꿀벌 한 마리가 베란다 창에 붙어 있어요.
태풍으로 인한 강풍과 빗줄기,
안간힘을 다해 피하고 있지요.

마음 같아선 집 안으로 들여 완전한 보호를 해 주고 싶지만,
그야말로 마음뿐이에요.

일단은 집 안으로 들어오게 만들 방도가 없고,
둘째는 무서워요.

두꺼운 유리창을 사이에 두고 바라보니
가엾은 마음도 드는 거지
어떤 틈으로든 집 안으로 스스로 들어왔다면
가차 없이 내쫓느라 온갖 방법을 실행했겠죠.

사람이 그렇고,

내가 그래요.

한 발자국 떨어져 있어야,
나에게 직접적인 피해가 없어야,
손톱만큼이라도 생색낼 거리가 있어야,

어쩌지, 싶은 측은지심이 생기지요.
그것도 아주 과장되게요.

위로는 말이 아닌
체온으로 전해지는 건데,
나는 얼마나
체온을 나누고 있을까요?

저 벌처럼
필사적으로 살기 위해
미끄러운 난간에 매달린 이들을
내 창 안으로 들일 수 있을까요?

당위성 앞에서
여전히 이러지도 저러지도 못하는
내 마음은 지리멸렬.

당신은 어떠신가요?

〈당신도 나처럼 지리멸렬 상태신가요? - 다솜〉

고단함 나누기

무릎을 맞대고 마주 앉은 친구.
도무지 매듭지어지지 않는 자기 마음을 쏟아 놓는 만큼
몸도 점점 내 앞으로 쏟아집니다.

자신의 무게가 버거운지
내 허벅지에 자신의 팔꿈치를 지탱하고 있어요.

점점 아파오는 허벅지.
슬그머니 친구의 팔꿈치를 밀어내 볼까? 하는 생각도 잠시,
팔꿈치 하나만큼의 무게도 받아 주지 못하는
나의 옹졸함이 마음이 걸리네요.

그래서,
그냥 견뎌 보기로 합니다.

그런데요,
그 팔꿈치를 계속 누르기만 하는 것이 아니었어요.
잠시 잠시 팔을 제자리로 가져갔다가

다시 내리누르기를 반복하는 거였죠.

계속 누르고 있었다면 나중엔
다리가 패일 듯 아팠겠지만
누르다 말기를 반복하니
나중엔 고맙기까지 하더라고요.

팔꿈치를 통해
마음의 무거움을 덜어내는 친구.

하지만, 자신의 무게
감내하기 버거울 친구를 위해
잠시 거둬들여 줄 줄도 아는
배려가 있어요.

고단함의 무게,
함께 버텨 주자는 마음.

그 먹은 마음이
거짓부렁만 아니라면

포슬포슬
후련함의 꽃씨 내림을
볼 수 있겠죠.

〈내가 함께 있을게 친구야 - 다솜〉

깊은 품새

오래된 다기에 우려낸 세작 한잔.
다향과 함께
부드러이
목울대에 휘감겨요.

김이 오르는
연초록의 맑은 물이

다기에 그려진 꽃 한 송이,
물 위로
띄워 올리죠.

바닥에 앉은 꽃 이파리는
어떤 찻잎이라도 받아 안아
뻣뻣함을 눅입니다.

그리고,
찻잎의 색을

꽃잎 위에 얹습니다.

수도 없이 거쳐 갔을 찻잎.
뜨거운 물 속에서
자신을 짓이겨
색을 풀어낼 때,

바라만 보지 않죠.
찻잎의 수고가 허망하지 않도록

어서 오너라, 와 줘서 고맙다.
누구라도 시려운 겨울밤이잖니.

그리 말하며,
꽃잎에 따듯함을
물들입니다.

그리곤,
활짝 봉오리를 터뜨려요.

나는
찻잎의 희생을
사뿐히 그러안은 꽃잎
눈으로 더듬으며

입안에
다향 가득한
꽃 한 송이 머금고

꽃씨를 틔우죠.

다기 안
골골이 스며든
차의 잔재들
꽃의 심지들

오늘 연둣빛 꽃 피워
일렁이던 찻잎.

그 품새에 깃들어
깊이

안식합니다.

〈내 품이 찻잔만 하여도 좋으련만 - 다솜〉

공혈(孔穴)

힘에 부치는 시간이 있었습니다.

사랑하는 이들과의 작별.
이후에 천국에서 만나게 되겠지만,
일단 이 땅에서는
영원한 안녕을 고했죠.

내 사랑하는 이들과 이별하기까지
손 놓지 않으려
앙버티던 시간들.

하지만 그들은
내 잡은 손을 슬그머니 놓고
하늘 고향으로 돌아갔습니다.

그리고
가슴에 파인
공혈.

나는
최대한 빠른 속도로
최대한 많은 분량의 일을
해내었죠.

마치
공혈에 빗물 고이듯
차곡차곡 담기는 무력감과 상실감을
의지적으로 한 바가지 퍼내며,

그 안에
남은 자로서 잘 살기 위한 소망을
부어 담았어요.

하지만,
퍼낸 양과
새로 담은 양이
불일치했나 봅니다.

어느 날,

이 상태로 계속 가다가는

마음에 과부하가 걸려
숨 쉴 수 없는 지경이 되든

아님,
파열된 브레이크가 마냥
가속도가 붙은 채
내달리다
"펑!"

어떤 형태로든
영과 마음
그리고 몸이

맞추지 못할 퍼즐 조각처럼
뒤죽박죽
엉망진창이 될 거란
위기감이 왔습니다.

더는 즐겁지 않은데
가면을 쓴 듯
기계적으로 올라가는 입꼬리.
웃고 있는 입가가 경련으로 뻐근하다 여겨지던 그때.

인정했지요.

난 괜찮지 않다.
이젠 쉬고 싶다.
쉬어야겠다.

2004년.
8개월의 어정쩡한 안식월(安息月)을 보낸 이후,

드디어 14년 만에
안식년을 갖습니다.

안식년을 결정한 후에,
나보다 더 많이
나의 안식을 기뻐하고 응원하는
딸내미와 지인들의
깊은 사랑을 느끼며

다시
웃음살이 뱅그르르
퍼집니다.

요란스레 깃을 치진 않으나
조용히 폭주하던 나를
진심으로 염려하고 기도해 주던
정연한 이들.

또한,
이들을 통해
날 위로하시는 하늘 아버지.

돌아보니,
난
다 가졌더라고요.

도랑처럼 파였던
내 마음의 공혈은
이들이 나눠 주는
사랑의 날숨과

그것을 들이마시는
나의 들숨으로
꽉 채워질 겁니다.

**- 넌 일 년 동안 잘 쉬고, 잘 먹고, 잘 자면 돼.
그게 네가 할 일이야.**

친구가 한 말이에요.

네.
그래야죠.
거기다 한 가지 더!

- 착한 눈으로 잘 바라보겠습니다.

착한 눈으로 바라본 세상.
이곳에 잘 적어 놓을게요.

그렇게 함께 살아나는
한 해 되기로 해요.

〈기대하며 - 다솜〉

흠뻑 적셔져 부드러워진
고랑이 키워 낸
이랑의 식물들.

제주의 바람과
하늘과
곶자왈의 숨들이
딱딱해진 내 마음 밭의 고랑을
무르도록 촉촉이 만져 줘요.

그러니,
내 이랑에도
곧 푸르고 곧은,
튼실한 식물이 자라나겠지요.

짐 그리고 마음 덜어내기

짐을 쌀 때,
적어도 세 번의 손을 거쳐요.

첫 번째는
무슨 짐을 쌀까, 리스트 작성하기.

두 번째는
리스트에 작성된 짐 꾸리기.

세 번째는
거기서 필요 없는 짐 덜어내기.

왜 짐을
짐이라 말하나 보았더니

바리바리 싸는 것도 짐이고,
덜어내는 것도 짐이고.

짐은 많으면 많을수록 무거운 게 맞네요.
반대로 덜어내면 덜어내는 대로
가벼워지죠.

처음에 40일 치 짐을 싸니,
19kg.

두 번째 덜어내니
16kg.

그러고도 짐이 많아 다시 덜어내니
12.5kg

40일 치 짐이 12.5kg이면 아주 가벼운 것 같았는데,
도착하여 보니 이것도 많네요.

다시 덜어내니 10.2kg.
됐다.
이 정도면 딱 적당하단 생각에 흐뭇해집니다.

그런데,

진짜 흐뭇한 무게일까요?

아니,
열흘쯤 지나고 보면,
이것도 필요 없고, 저것도 필요 없음이 느껴질 거예요.

마음도 마찬가지겠죠.
현재 19kg인 내 마음의 무게.

덜어내고, 덜어내고
또 덜어내면
10.2kg 정도로 가벼워지지 않을까요?

〈덜어내고 또 덜어내도 여전히… - 다솜〉

가파도 - 세상의 모든 엄마를 닮은

가파도에서는 제주의 7개 산 중,
영주산을 제외한
한라산, 산방산, 송악산, 군산, 고근산, 단산까지
6개의 산이 보여요.

겨우 둘레 4.2km에 불과한
작디작은 섬이 6개의 산을 품죠.

가파도는 자식들에게 아낌없이 젖을 물린
자글자글한 엄마의 늘어진
따뜻한 품 같아요.

엄마의 마음이 아니라면
수만 가지 이야기로 속앓이, 배앓이 했을
큰 산들의 아린 배를 쓸어주고
이마를 짚어 주며
아우를 순 없었을 테죠.

그리고

끝끝내 품지 못한 영주산.

그 자녀,
너르게 담지 못함을 못내 아파하며
동떨어져 고아처럼 살려나
먼발치서 평생을 살폈을 거예요.

모자람은
도량을 넓혀 줘요.

넓은 마음 재지 않는
소박한 몸집
모자란 하나가 건네준
겸비(謙卑)를 두른
가파도.

날 자라게 한 이들이 그리우면,
다시 찾아오렵니다.

〈고즈넉한 가파도 방파제에 앉아 - 다솜〉

고랑이랑 이랑이랑

길을 걷다 보면 곳곳에서
흙 당근, 레드비트, 콜라비 등이 심긴
가을 밭을 만납니다.

밭은 생명을 키워낸 고랑과 이랑이
사이좋게 열을 맞춰 이어지죠.

언젠가 농사짓는 동생이 툭 던진 한마디,
선배님을 통해 전해 들은 적이 있어요.

지속된 한여름 땡볕으로 바짝 마른 고랑에 애가 닳아
호스로 목이라도 축여 주면 되지 않냐 말했더니
농부 아우가 이렇게 말하더랍니다.

- 누나, 고랑에 물이 충분히 채워져야!
땅이 부드러워지고 비로소 곡식이 자라요.
그저 적시는 정도로는 식물이 자라지 않죠.
그래서 넉넉히 땅을 적실 만한 하늘의 비를

그토록 기다리는 거예요.

겉보기엔 말랑해 보여도,
표면에만 슬쩍 물을 뿌린 거라면
속은 딱딱하게 굳어 있겠죠.

흉내만으론
아무것도 살려낼 수 없는 게
진리인가 봅니다.

흠뻑 적셔져 부드러워진
고랑이 키워낸
이랑의 식물들.

제주의 바람과
하늘과
곶자왈의 숨들이
딱딱해진 내 마음 밭의 고랑을
무르도록 촉촉이 만져 줘요.

그러니,

내 이랑에도
곧 푸르고 곧은,
튼실한 식물이 자라나겠지요.

〈마음속 고랑과 이랑 가꾸기 - 다솜〉

저항과 순응의 때

바람에 저항하여 걷는 나
바람에 순응하며
곱게 눕는 갈대와 나무 그리고 꽃들.

바람에 저항하는 나는
거스른 만큼 허벅지가 아픈데,
순응하는 그들은
세상 편안해 보인다.

저항이란,
이렇듯 힘을 다해 맞서야 하는 거지.

늘 바람을 등에 업을 수만은 없다.
아파도, 때론 젖먹던 힘을 다해
거슬러 가야만 할 때도 있다.

하지만
이길 수 없고,

애써 이길 일 아니라면

그냥
갈대나 꽃나무처럼 누우련다.
순응의 이불 덮고서.

그게
지혜롭겠다.

〈저항과 순응 가리기 - 다솜〉

묶어 둔 시간은 흐른 것이 아니니

시간이 이만큼 흘렀으니
아픔도 그만큼 가셨을 것으로 생각한다.

하지만,
묶어 둔 시간은 흐른 것이 아니니

애써 잊은 듯
이젠 괜찮은 듯
속였던 나 자신

정직하게 마주하는 시간이 필요하다.

시간은 그때부터 흐른다.
아픔도 그때부터 시작이다.

놓는다는 것.
날 비워 내는 가장 좋은 방법.
하지만, 이것 역시 교만임을 알았다.

놓는다는 것은
내가 설정한 시간에
놓겠다는 의미.

하지만,
그렇게 놓으려 할 때

- 이런~

미끄러뜨려 놓칠 수 있음을
생각지 못했다.

멋지게 놓으려는 계획이 수포가 되고
나는
그나마 한 줌.
움켜쥐고 있던 그것마저
놓치고 만다.

놓치기 전에
놓으라는 신호가 있다면

미련 없이 놓아야 하리라.
따스울 때 말이다.

그것만이 진짜임을
이제야 알겠네.

〈마음의 신호 지키기 - 다솜〉

낙엽의 산란

붉은 화산송이 길로
노란 은행비가 내려요.

단풍 비도 내리는데,

불 혀처럼 붉디붉은
화산송이와 단풍이

서로 겨루듯
붉음을 산란하느라
불콰한 낯빛으로
불길을 이룹니다.

등산화를 벗고,
양말을 벗고,

맨발로 화로 위 불길을
밟아 봐요.

- 엇 뜨거워!

노란 은행비를
두 손 가득 퍼올려
화산송이와 단풍의 불길을 끄고

산란하며 지절대는
그들의
지난 이야기를 듣죠.

- 우리는 봄의 여린 새순,
그러니까 야들야들한 연두 시절을 지났어요.

그뿐인가요?
서슬 퍼런 젊은 날엔
청청한 진초록으로 빛났다고요.

그러다
지긋한 원숙미가 드러나는
가을이 되면
이렇듯

각자 고유의 색이 드러나는 거예요.

붉게 노랗게
본래의 나,
태초에 창조된 모습으로 영글기 위해
인내했을 고됨과 힘듦이
만 가지가 넘었을 테죠.

포기하지 않고,
산통을 겪으며
처연히 이 한날을 맞이한
찬란한 가을 이파리들.

정점인 오늘,
자신의 소임을 다했노라
흔쾌히
은행비, 단풍비가 되어
낙하해요.

그리고,
맨발인 발 아래

기꺼이 밟히어

흙으로 돌아갑니다.

고개를 젖히고
높다랗게 웃자란
가을 나무 우듬지를 바라봐요.

아직 내리지 못한
낙엽비가
이젠 내 차례라며

후두두
바람과 함께

공기를 색칠하고
내 머리와 어깨를 칠하고서
발등 위에
잦아듭니다.

〈그대들의 마지막을 함께할 수 있어서 고마웠어요 - 다솜〉

길 - 뒤에 담긴 이야기

가던 길 멈추고 뒤돌아보니
미련이 생겨요.

뭔가
제대로 보지 못한 채
예까지 온 것만 같아
마음이 조급해졌죠.

그래서
다시 돌아 걸어가니
미처 보지 못한
범람하는 잎새들이 보입니다.

역시나 뒷모습엔
손바닥으로 비벼 낸 풀향이 있네요.

앞만 보고,
도달점만 생각한 채 걷는 길.

찬연히 펼쳐진 풍광이
보이지 않았어요.

하물며 뒤편을 바라볼 여유는
더더구나 없었죠.

그런데, 오늘은요,
뒤돌아보고 싶어졌어요.

내 등을 보고 걸어오던 이들의
얼굴을 마주해요.

등 떠밀어 주던 순풍이
역풍 되는 상황 속,
중심 잡는 방법도 터득하고요.

속도를 줄이고
마음을 늘리고
눈을 키운 채 바라보는
뒷길,
뒷모습.

훨씬 많은 것이 담겨요.
읽혀요.

앞뒤를
모두 볼 줄 아는 것.

그것이
진정한
걸음꾼이죠.

〈뒤편의 이야기에도 집중하기 - 다솜〉

석양

분기탱천한 버스 기사가
뒷문으로 올라탄 할아버지에게
내리라고 소리를 지릅니다.

당황한 할아버지,
어찌할 바를 몰라 우왕좌왕하자
다시 소리를 지르네요.

- 내려서 앞으로 다시 타라고요!

건듯건듯 흔들리는 다리로
겨우 올라온 버스를 다시 내려간 할아버지,

버스 앞 계단을 재차 무겁게 오르셨죠.

그 뒤로도 손자뻘인 버스 기사는
분에 못이긴 듯,
한동안 별별 소리를 다 내뱉습니다.

그런데, 할아버지.

창밖으로 무심한 눈길을 둔 채,
짐짓 못 듣는 척 잠잠히 계십니다.

괜찮으실까?
가만히 바라보자,
붉어진 낯빛이 선명했어요.

할아버지는 무례하고 잔인한 말을
다 듣고 계신 게 분명했죠.

모든 것이 당연하게 어두워질 세월.
귀 역시 어두울 때이건만

귀먹었다 탓하고
욕하는 소리에는
여전히 먹지 않는 귀.

듣지 않아도 될 말
잘 들리는 할아버지 귀가 슬퍼서,

건듯건듯 제멋대로 흔들리는
할아버지의 가는 다리가 서러워
눈물 나던
김녕으로 향하는 늦은 오후 버스 안.

붉어진 할아버지 얼굴
행여나 들킬까
눈치 빠른 석양이
슬쩍
덮어 줍니다.

〈그래서야 되겠냐며 편 한 번 들어드리지 못해 죄송해요,
할아버지 - 다솜〉

그녀 – Ⅰ, Ⅱ, Ⅲ

그녀 Ⅰ

나이 어린 아빠와 엄마에게서 태어난 아이.

그리고, 떠난 엄마를 대신해
더 어린 새엄마에게서 자랐났다는
20대 중반의 여린 그녀.

한 번도 제대로 된 사랑을 받고 자란 기억 없이
스스로 삶을 개척한 채
강하게 살아야만 했다며
그래서, 결혼하기 싫다고 합니다.

**- 하지만, 부모님이 가장 사랑할 때 가졌던 아기.
그 아기가 그대인 걸 생각해 보는 건 어때요?
그것 하나만으로도
근사한 존재란 것에 감사할 조건이 될 것 같은데?**

나의 말에 동공이 커지며,
금방 눈자위가 붉어져요.

한 번도 생각해 보지 못했답니다.
부모님이 가장 사랑할 때 가졌던 아이란 것을.

덧붙여 말해요 그녀가.

**- 가장 사랑할 때 나를 낳은 엄마도 그렇지만,
그 어린 나이에 나를 품에 안아 기른 새엄마의 사랑이
정말 크다는 게 처음으로 깨달아져요.**

버린 엄마에 대한 용서와
기른 엄마에게 감사하는 마음이
단번에 들 수 있다니.

이런 놀라운 경험이 가능하냐며
참 예쁘게도 웃던걸요?

사랑을 깨닫는 것.
그래서 참 중요한가 봅니다.

〈사랑 그 찬란함 - 다솜〉

그녀 Ⅱ

인스타그램에
마음에도 없는 '좋아요'를 누르는 사람들의
얕은 호의가 싫다고 합니다.

그런 느낌 없는 좋아요보다
진정한 한 명이 있으면 좋겠다고 하기에

**- 좋아요를 누르던 찰나에는 진심으로 좋았을 수도 있지
않을까?**

라고 말해 줬어요.

우리는 참 많은 순간,
찰나의 진심을 외면할 때가 많잖아요.

찰나의 진심도 진심임을 인정하면
덜 쓸쓸하지 않겠어요?

〈찰나의 진심을 볼 수 있다면 - 다솜〉

그녀 Ⅲ

따로 또 같이
때로는 혼자서,
때로는 누군가와 함께 걸음이 기쁨이 되는데
굳이 혼자서만 걷기를 고집하는 이가 있지요.

그녀가 오늘 혼자 긴 길을 걷다가
으스스한 구간을 만났대요.
그 구간을 지나며 생각했다죠.

- 난 점쟁이가 90살 넘어서 죽는다고 했어.
게다가 지병으로 죽는댔으니 여기서 험한 꼴을 당하지는
않을 거야.

믿음.
평안함이 거저 오는 순간이죠.

믿음은 노력하여 얻는 것이 아니니,
아득바득 달음질할 필요가 없어요.

점쟁이의 말로 그녀는 평안함을 얻었다는데,

난 혹시
믿기 위해 골몰하여 내달리던,

그래서 거저 오는 믿음도
덥석 안지 못한 채
주변만 서성이는
믿음의 얼치기는 아니었을까,

복잡한 심사가
두렁대는 하루였어요.

⟨*믿음, 당신은요? - 다솜*⟩

맨도롱 또똣(기분좋게 따뜻한)

걷기가 망설여질 만큼,
비바람이 몰아치던 아침엔
하늘도 바다도 검디검어요.

하지만,
이미 출발한 시점.

우비를 몸에 씌우고
다트 화살촉마냥
따끔히 내리꽂히는 비를 맞으며

허둥지둥거리지 말고 침착하게 걷자,
맘을 다잡습니다.

고개를 숙이고,
온통 먹물 천지인 듯한 검은 바다
무섭게 덮칠 듯한
파도를 외면하며 걷기를

얼마쯤 지났을까요?

어리둥절할 만큼,
따가운 햇볕이 구름을 밀어내고
공기를 말리기 시작합니다.

사그락
입김 날린 바람은
낮은 갈대를 모로 눕히죠.

구멍 숭숭한 돌 사이를
비집고 드는
햇살 한 줄.

어느새
하늘 바라기 바다는
하늘과 꼭 같은 색으로
천진한 포말을 일으킵니다.

콩콩거리는 마음.

숨을 크게 들이켜고
팔과 다리를 훠이훠이 내저으며
씩씩하게 걸어요.

그러다
우비를 벗어
배낭에 구겨 넣지요.

하늘색 땀이
내 몸도 하늘색으로
적실 즈음,

밭작물을 거두고 계신 할망들을 만났어요.

흙 묻은 콜라비 깎아 나눠 드시다
혼자 걷는 육지 여인,
손짓하여 부릅니다.

주춤대자 큰 소리로,

- 몽캐지 말앙 혼저 오라게(꾸물대지 말고 얼른 오라니까)!

- 혼저 왕 먹읍서(어서 와서 먹어봐)!

전혀 알아듣지 못해도,
몸짓과 표정은 만국 공통어라고.
'어여 오라'는 소리와 몸짓임이 분명하단 걸
단번에 알아챘죠.

그제야 배시시 웃으며 다가가
그동안 배운 제주말로 인사를 했어요.

- 안녕하우꽈?

할망들은 기특한 듯 등 한번 두드려 주시더니
단물 한가득 머금은 콜라비 한 조각
선뜻 건네주십니다.

- 어디서 옵데가?

- 서울서 왔수다.

눈치로 알아듣고는 단박에 답을 했죠.

그랬더니, 제주말 좀 할 줄 아는가, 싶으셨는지
연신 제주말로 길고 긴 말씀을 하시네요.

워낙,
동아시아 X국에 20여 년 가까이 살며
소수종족들 틈에서 갖가지 언어들을
눈치껏 알아듣는 것에 단련이 되어
그리 어색하진 않았지요.

난 할망들 말씀을 결 따라 음미하며
전체적인 맥락을 맞추곤,
능숙한 듯 함께 웃고
때론 대답도 했답니다.

물론, 할망들은 제가 거의 못 알아듣는다는 걸
금방 눈치채셨지만,
이미 시작된 그들만의 언어 향연은
멈출 줄 몰랐어요.

개울물 같은 바람은 땀을 식혀 주고,
등에 업은 한낮의 햇발은

식는 땀에 몸살 올까,
살짝 살짝 따뜻함을 넣어 줍니다.

아삭거리는 콜라비를 입안에 베어 물며
할망들의 두런거리는 이야기를 듣다 보니,
할망 무릎을 베개 삼아
졸고 싶어져요.

그냥 잠에 들러붙었다
할망 무릎에서 별을 보고 싶었죠.

그런 맘으로
오래오래 그 자리에
넙쭉 앉았더랬습니다.

뭐가 더 필요할까요.

길 가는 나그네,
땀 식히도록 자리 내어주고
갈증 달래도록
무 한 조각 나눠 주는

저 맘이면 다 되는걸요.

툭툭 흙먼지 털고 일어나
가던 걸음 다시 시작하는 내게
귤 세 개도 쥐여 주십니다.

꾸밈없는 웃음,
득시글한 정이 가득한 할망들이

빈 보따리 같아 헛헛하던 맘에
두둑한 평안을 넣어 주셨어요.

난
다시
부자가 되었습니다.

〈할망, 맨도롱 또똣 했수다 - 다솜〉

당실거리다

ⓒ 김다솜, 2022

초판 1쇄 발행 2022년 1월 23일

지은이   김다솜
펴낸이   이기봉
편집   좋은땅 편집팀
펴낸곳   도서출판 좋은땅
주소   서울특별시 마포구 양화로12길 26 지월드빌딩 (서교동 395-7)
전화   02)374-8616~7
팩스   02)374-8614
이메일   gworldbook@naver.com
홈페이지   www.g-world.co.kr

ISBN   979-11-388-0596-4 (03810)